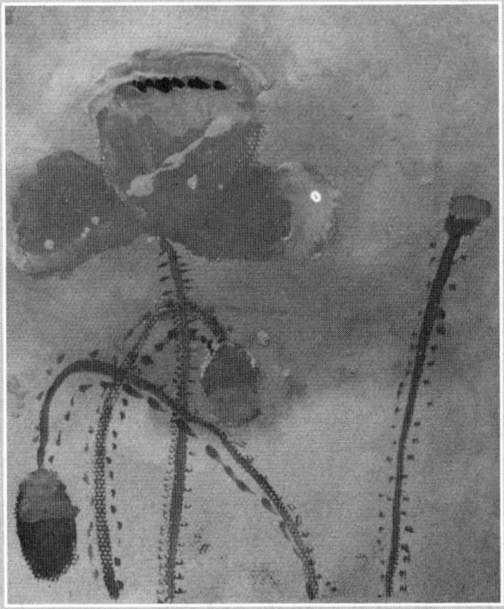

# 童年，在诗意里等你

张胜辉 主编
张晓茹 副主编

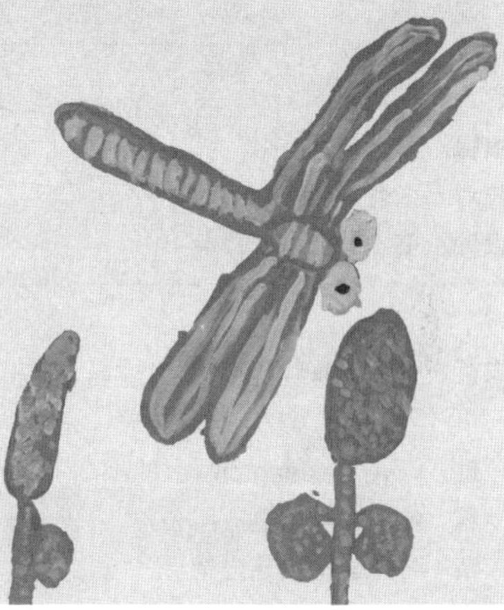

中原出版传媒集团
大地传媒
大象出版社
·郑州·

**图书在版编目(CIP)数据**

童年，在诗意里等你 / 张胜辉主编；张晓茹编.— 郑州：大象出版社，2017.9
ISBN 978-7-5347-9513-8

Ⅰ.①童… Ⅱ.①张… ②张… Ⅲ.①诗集—中国—当代 Ⅳ.①I227

中国版本图书馆 CIP 数据核字(2017)第 218473 号

**童年，在诗意里等你**

TONGNIAN ZAI SHIYILI DENGNI

**张胜辉　主　编**

**张晓茹　副主编**

---

**出 版 人**　王刘纯
**责任编辑**　梁金蓝
**责任校对**　张迎娟
**装帧设计**　王　敏

---

**出版发行**　大象出版社(郑州市开元路 16 号　邮政编码 450044)
发行科　0371-63863551　总编室　0371-65597936
**网　　址**　www.daxiang.cn
**印　　刷**　洛阳和众印刷有限公司
**经　　销**　各地新华书店经销
**开　　本**　787mm×1092mm　1/16
**印　　张**　10.25
**字　　数**　22 千字
**版　　次**　2017 年 9 月第 1 版　2017 年 9 月第 1 次印刷
**定　　价**　24.00 元

印厂地址　洛阳市高新区丰华路三号
邮政编码　471003　　电话　0379-64606268

《诗经》美到现在还在传诵；唐诗华丽丽地走到今天，依然是每个华夏儿女牙牙学语的启蒙；宋词沁人心脾，在千年后依旧让人沉醉。诗是感受世界最直接的门，也是打开心门最简单的钥匙。它直白又不失意境，含蓄而饱含情意，诗句引申画意，画意引发情感。一个有诗心的孩子，一定是热爱生活、善于观察的孩子，一定是内心纯净的孩子，一定是有爱心、有梦想的孩子……

我愿意守护这些美好诗心，你呢？

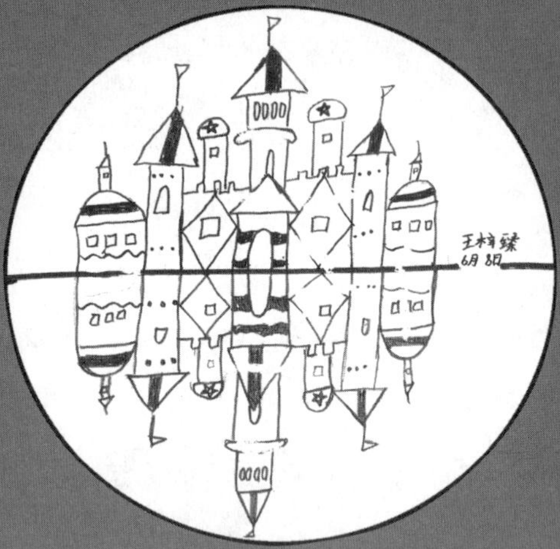
6月8日

# 诗心记童年（代序一）

◎ 张胜辉

手捧这本册子，心中涌起阵阵感动与欢欣！读着一首首小诗，眼前仿佛看到一张张如花的笑靥！

孩子们，你们是天生的诗人。童真的言语连缀在一起就是一首精美的诗。你们细致观察，大胆创作。在你们的笔下，春天会七十二变，色彩斑斓；夏天的酸甜苦辣咸，说也说不完；小鱼、蜗牛、知了都自在悠闲……

孩子们，你们就是诗，诗是儿童。你们写下的，是充满童趣的美好生活；诗中记下的，是你们比诗更美好的童年。在你们的眼里，风具有神奇的力量；小小萤火虫打起灯笼给人们照亮回家的路；大鱼、小鱼都有自己的梦想……

一首首童诗，让我读到一颗颗细腻、柔软的童心。“爸爸回来了，幸福也跟着回来了！”“把我的嘴巴粘在妈妈嘴上……妈妈就不疼了。”“每当我玩得最开心的时候，妈妈总是在我旁边不停地唠叨……妈妈不理我的时间……我又会特别烦恼！”……

你们创作的每一首诗都是如此优美，诗中的每一个文字都是有温度的，都是你们心底涌出的声音，都是你们童心最真实的表达。

“腹有诗书气自华。”孩子们，你们的童年需要用诗来滋养。一个有诗心的人，会在放大生活细节的同时，发现生活的美好。拥有一颗诗心，足以净化自己的心灵。

孩子们，你们是幸福的。你们不断读书、写作，这一首首诗记录了你们成长的足迹，《童年，在诗意里等你》必将成为你们童年最美好的印记！

孩子们，你们是幸运的。在老师的带领下，你们的童年播种下一颗文学的种子，一颗成长在我们精神世界的种子。它已经生根、发芽、开花、结果……它有着神奇的生命力！将来，它会伴随着你们的一生，给你们带来意想不到的惊喜！

# 不怕老去（代序二）

◎ 张晓茹

我，

有一间小小的教室，

还有一群可爱的孩子。

虽然，

这里的春天也会哭泣，

可我喜欢，

泪水过后，那抹娇嫩的绿。

虽然，

这里的夏天也会调皮，

可我喜欢，

风雨过后，那道虹的绚丽！

如果，

你的世界，
大雪纷飞，
来吧，
这里的甜软童语，
这里的稚拙童趣，
会让你闻到生活芬芳的气息！
和他们在一起，
你，不怕老去……
和他们在一起，
我，不会老去……

# 目 录

## 拾取生活的妙趣…………57

# 拨动自然的乐章

这里的风儿很调皮，这里的小雨最淘气；
这里的小草很坚强，这里的小花爱哭泣；
……
在孩子们眼里，大自然就是这么多彩，这么有趣！

# 春天的颜色

◎ 语文小组

春天是什么颜色?

柳树说,

春天是绿色的,它和我的发夹是一个颜色。

樱花说,

春天是白色的,它和我的裙子是一个颜色。

桃花说,

春天是粉色的,它和我的头发是一个颜色。

蓝天说,

春天是浅蓝色的,它和我的眼睛是一个颜色。

# 春之歌

◎ 语文小组

春天来了，

它要为我们唱一支美丽的歌。

听，

那是小朋友们嘻嘻哈哈的笑声，

那是小鸟叽叽喳喳的鸣叫声，

那是春雨滴滴答答的歌声，

还有小河流水哗哗哗哗的欢笑声，

…………

原来春天会唱这么多动人的歌！

# 春之七十二变



◎ 语文小组

孙悟空会七十二变，

春天会吗?

会!

瞧，

常青灌木的叶子变嫩了，

桂花也不再担心落叶的问题了，

牡丹花枝穿上了新衣服，

桃树也戴上了美丽的花环，

…………

原来，

春天也会七十二变。

| 6 |

## 记录春天

◎ 吕佳锴

春天真美!
美得我都想把它记录下来,

我拿着本子记录春天。

你看,柳树发芽了,
牡丹吐花苞了,
桃花、杏花都开出了自己的花朵,
万年青也长出了新的嫩叶。
看着它们,
我们跳呀,玩呀。
它们都长大了,
我们也长大了!

我记录了许多关于春天的事,
可最后还是记录不下春天的美!

## 夏天的味道



◎ 语文小组

夏天是什么味道?

我来尝一尝!

西瓜说:夏天是甜甜的。

葡萄说:夏天是酸酸的。

苦瓜说:夏天是苦苦的。

小龙虾说:夏天是火辣辣的!

…………

我们说:夏天的味道是酸甜苦辣咸,说也说不完!

## | 8 | 夏天在哪里

◎ 语文小组

夏天在哪里?

夏天在我们的嘴巴里，

夏天在我们的眼睛里，

夏天在我们的心灵里，

夏天在我们的周围，

…………

夏天无处不在!

# 萤火虫



◎ 语文小组

小小萤火虫，

飞到西来飞到东。

你在干啥?

我在点灯笼。

点灯笼干啥?

天黑了，

我要送你们回家！

# 粉色的夏天

◎ 王梓臻

夏天是粉色的！

不信，你看——

粉色的荷花，亭亭玉立，盛开在碧绿的荷叶间。

粉色的蝴蝶，翩翩起舞，弥漫在阵阵的花香中。

粉色的连衣裙，漂漂亮亮，穿在可爱的小女孩身上。

粉色的冰淇淋，冰冰凉凉，甜在我们的心里。

粉色的自行车……

粉色的布丁……

哦，对了，还有我最喜欢的熊宝宝，

它也是粉色的，

陪我走过整个夏天。

## 五颜六色的夏天



◎ 马梦雨

夏天是粉色的，

你们看——

池塘里的荷花是粉色的，

小朋友的游泳帽也是粉色的！

夏天是绿色的，

你们看——

树叶是绿色的，大树下面好乘凉。

夏天是紫色的，

你们看——

紫色的薰衣草，就像一片紫色的花海。

夏天有着各种颜色的花花草草，

所以夏天是五颜六色的。

## 黄色的夏天

◎ 赵晨阳

夏天是黄色的!
黄色的小鸡在草地上捉虫，
真香啊!
黄色的小鱼在水里游来游去，
真快活!
黄色的小蝴蝶在花丛中翩翩起舞，
真美!
黄色的小裙子穿在小女孩的身上，
真可爱!
黄色的树叶，
黄色的蜜蜂，
黄色的蜻蜓;
…………
夏天到处都是黄色的!

# 夏天

◎ 吴胤泽

太阳说，
夏天是火辣辣的；
风儿说，
夏天是暖烘烘的；
荷花说，
夏天是红艳艳的；
向日葵说，
夏天是金灿灿的；
农夫说，
夏天是汗珠味的；
弟弟说，
夏天是西瓜味的；
小朋友说，
夏天是玩水的季节，
清凉凉的，
美滋滋的！

# 夏天的奥妙

◎ 姚奕欣

夏天，
大地像拖把，
很快把地上的水吸干了；
夏天，
我们的毛孔像一个个小泉眼，
冒出许多汗珠子，
给我们洗了洗澡。

夏天的太阳像发高烧了，
好像要把我们烤焦了一样；
夏天的太阳又是个勤劳的孩子，
早早晒着我们的屁股。

夏天的天气像变色龙，
一会儿有火红火红的太阳，
一会儿有瓢泼大雨，
一会儿又有彩虹，

一会儿又有冰雹。



夏天的奥妙，

真是说也说不完!

| 16 |

# 紫色的夏天

◎ 韩思雨

夏天是紫色的，

你们看——

紫色的葡萄，晶莹剔透，挂满了枝头。

紫色的牵牛花，像一个个小喇叭，告诉我们夏天来了。

紫色的紫薇花，它害怕挠痒痒哦！

紫色的睡莲，

紫色的蝴蝶，

紫色的气球，

紫色的自行车，

…………

紫色的夏天，做了一个紫色的梦。

## 夏天

◎ 徐晨悦

夏天有青蛙，呱呱捉害虫。
夏天有蝴蝶，美丽又漂亮。
夏天有知了，知了知了叫。
夏天有小鱼，可爱又活泼。
夏天在身上，裙舞在飞扬。
夏天在公园，开心又热闹。
夏天在天上，打雷又下雨。
夏天真美丽，我们都爱它。

# 夏日大舞台

◎ 吴淳昊

大雨，哗啦啦……
雷声，轰隆隆……
闪电，一闪闪……

青蛙，呱呱呱……
知了，吱吱吱……
蚂蚱，蹦蹦跳……

西瓜，甜又圆；
荷花，水中开；
河边，童声笑。
哇，
像在举办一场盛大的晚会。

## 夏天的颜色

◎ 郭家禾

夏天是什么颜色呢?
夏天是红色的,
西红柿熟了。
夏天是什么颜色呢?
夏天是黄色的,
向日葵熟了。
夏天是什么颜色呢?
夏天是绿色的,
青椒熟了。
夏天是什么颜色呢?
夏天是紫色的,
葡萄熟了。
夏天是什么颜色呢?
夏天是粉色的,
荷花开了。
夏天是什么颜色呢?
夏天是五颜六色的。

## 呼呼呼

◎ 吕佳锴

呼呼呼，呼呼呼，
树儿斜了。
呼呼呼，呼呼呼，
小孩儿的帽子掉了。
呼呼呼，呼呼呼，
妈妈的衣角刮起来了。
哇，力量好大呀！

## 风

◎ 张默霖

你没见过风？

我见过！

你看！

小草在摇摆，

那是风儿在和小草跳舞！

## 风

◎ 乔昱瑞

小草弯弯腰，

小树做晨操。

大树摇摇手，

人们加衣裳。

## 风

◎ 王梓臻

小树轻轻摇，
小花点头笑。
彩旗飞舞忙，
行人掉了帽。

## 风

◎ 吴淳昊

树枝在摇摆，
小草在点头。
头发在飞舞，
小花在跳动。

# 风

◎ 侯昊辰



树枝来回摆动，

树叶被风吹在了地上，

像在跳舞一样，

池塘里泛起层层涟漪，

耳朵里都是“呼——呼——呼——”的响声，

就像老天爷发怒！

# 风

◎ 李赛雅

它有时轻轻的，好像一朵朵白云；

它有时很猛烈，好像凶猛的狮子。

春天的它，得意又暖洋洋地回到了我们身边；

夏天的它，体贴地给我们带来了凉爽；

秋天的它，告诉我们冬天快要到了；

冬天的它，刮起来冷冷的。

原来，

它这么有力量；

原来，

它这么不一样！

## 风

◎ 李天羿

站在高楼上，
云朵轻飘过。
空气吹着我，
我爱这天气。

## 风

◎ 张玄铭

柳条慢慢飘，
纸鸢天上飞。
大树摇呀摇，
海浪追呀追。

## 风

◎ 罗奥翔

小树摇呀摇，
花草动起来。
头发飘呀飘，
雾霾跑走了。

## 说变就变

◎ 孙浩然

高兴时，艳阳高照。
生气时，电闪雷鸣。
伤心时，狂风暴雨。
开心时，晴空万里。
夏娃娃的脸，
真是说变就变呀！

# 凶猛的风

◎ 姚奕欣

听，

呼——呼——呼——

看，

大树弯了腰，

花儿低下了头。

草呢?

当然也脆弱地低下了头。

我——快冻成冰棍了。

今天怎么啦?

把花草吹成那样，

把我吹成冰棍!

唉!

真是个坏天气!

# 我是风

◎ 吴胤泽

我微笑时，
花儿红了，
草儿绿了；
我兴奋时，
小朋友们的脸蛋红了，
妈妈的额头冒出了汗珠；
我伤心时，
黄黄的叶子从树上飘落了；
我孤独时，
白白的雪花陪我跳舞；
我发怒时，
卷人又卷房。
请不要让我发怒，
谢谢大家。

## 下雨天

◎ 余可馨

轰隆隆，打雷了。

哗啦啦，下雨了。

从天而落的雨宝宝，

落到叶子上，

给叶子洗洗澡。

落到种子上，

种子发芽了。

落到田野里，

苗儿向上拔。

## 雷雨

◎ 罗奥翔

中午，天渐渐黑了下来，
风不动了，树叶也不动了。
这天怎么了？
突然，
一声雷响，
天空出现一道闪电，
大雨哗啦啦地下来了！
街上的人们，
有人开始奔跑，
有人开始收东西。
哇，真凉快！
我真想与雨共舞啊。

# 春雨



◎ 吕佳锴

春雨就像小小而又透明的水晶，
一滴一滴，
落在我的头上。
落呀落呀，
滴答滴答，
落在我的肩上。
落呀落呀，
滴答滴答，
落在我的脚上。
滴答滴答，
落呀落呀。

## 快乐的小雨点

◎ 冯靖淇

淅沥沥，淅沥沥，
小雨渐渐地下了起来。
小雨点从树叶上跳下来，
从雨伞上跳下来，
最后落在我的嘴唇上，
凉凉的，甜甜的。

小雨点落在大树爷爷的胡子上，
挠挠他，
大树爷爷笑个不停。
小雨点落到花瓣上，
唱歌给她听，
小花妹妹安静地睡着了。

# 雨



◎ 张涵茜

白云被黑云吃掉了，
天空划过一条闪电。
轰隆隆……雷声好大呀，
像天空中好多人敲鼓一样。
看！
雨来了！
雨水像水帘子从天上洒下来，
大树、小草都张开嘴巴喝水呢，
这时，天气也慢慢地凉爽了。

| 34 |

# 夏天的雷雨

◎ 徐晨悦

乌云遮住了蔚蓝的天空，
轰隆隆，
响起了震耳的雷声。
一闪闪，一闪闪，
天空闪电亮。
哗啦啦，哗啦啦，
下起了滂沱大雨。
大雨落到小河里，
鱼儿欢快地游来游去；
大雨落到池塘里，
青蛙们呱呱地叫个不停，
大家好像在说：
“下雨了，下雨了，我们好开心呀！”

# 美丽的四季



◎ 葛璧源

春天到了，
鸟语花香。
夏天到了，
莲叶满池。
秋天到了，
果实累累。
冬天到了，
冰天雪地。
啊！美丽的四季！
丰富的四季！
我爱四季！

## 一年四季

◎ 张玄铭

春季放风筝，
夏季去游泳。
秋季寻落叶，
冬季赏雪景。

## 知了叫

◎ 齐昶睿

知了叫，知了叫，
吵得大宝睡不着。
知了，知了，你别叫，
大宝睡好觉，
才能长得高。

# 蜗牛

◎ 马启尧

雨一直下，
我在池塘边，
找到了你。

软软的身体，
重重的外衣，
努力地往上爬，
身后，
是亮闪闪的足迹。

如果我是你，
我会把自己炼成——
铜墙铁壁，
脱去外衣，
一跃千里！

# 一串串

◎ 齐昶睿

一串串红果酸又酸，
一串串紫葚甜又甜，
一串串黄连苦又苦，
一串串青椒辣又辣，
一串串眼泪咸又咸。
酸甜苦辣咸，
串出生活好光年。

## 母亲和孩子

◎ 齐昶睿

鱼儿是水的孩子，
水是鱼儿的母亲，
它们一起游玩，
过着快乐的日子。
鸟儿是蓝天的孩子，
蓝天是鸟儿的母亲，
它们一起嬉笑，
过着自由的日子。
我们是地球的孩子，
地球是我们的母亲，
我们一起成长，
过着幸福的日子。

## 谁怕谁

◎ 齐昶睿

飞机怕小鸟，
小鸟怕老鹰，
老鹰怕金雕，
金雕怕猎枪。
到底谁怕谁?
我来告诉你!

## 多伦湖

◎ 朱孜心

美丽多伦湖，
船儿漂在上。
游人数不尽，
花儿散清香。

# 甜

◎ 张默霖

甜甜的西瓜，

甜甜的糖果，

甜甜的蜂蜜，

甜甜的李子，

甜甜的草莓，

…………

甜甜的心！

# 星星

◎ 胡佳妮

星星啊，
你为什么总是挂在天空上，
不下来和我做游戏？
星星啊，
你为什么总是出现在夜里？
白天你去哪里了？
星星啊，
你心里装着什么？
没有烦恼总是笑眯眯。
星星啊，
你能不能带我去你的家，
和你的好朋友群星在一起？

## 小小的太阳

◎ 张轩

春天的太阳很温柔，
小草看到它，发芽了。
夏天的太阳很暴躁，
小朋友看到它，吓跑了。
秋天的太阳很热情，
树叶看到它，跳舞了。
冬天的太阳很亲切，
北风看到它，胆子更大了！

# 月亮碎了

◎ 代晨泽

晚上，

月亮掉进湖里了，

鱼儿们想把月亮救起来。

一不小心，

却把月亮弄碎了！

鱼儿们吓得赶紧逃跑。

可是为什么，

它们一回头，

月亮又变圆了？

## 看云彩

◎ 景裕涵

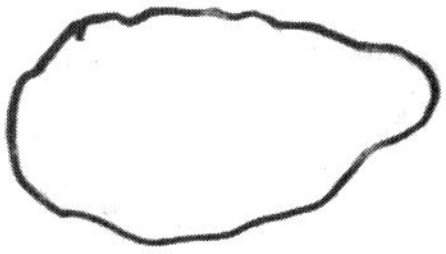

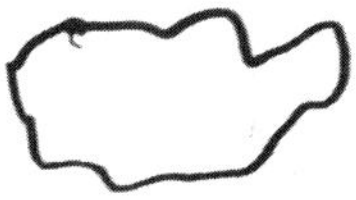

快来看，

快来看，

大大小小，

像朵朵棉花，

软软的，

好想吃一口。

我要站到山顶，

摘一朵，

带回家。

## 雪

◎ 余可馨

冬天来了，北风呼啸，
白色蝴蝶，欢快飞舞。
大地万物，穿上新装，
你追我赶，嬉笑打闹。

## 小汽车

◎ 吴胤泽

喇叭嘀嘀嘀，
车子轱辘跑。
里边坐俩宝，
宝嘴含一枣。

# 大山



◎ 黄紫萱

高高的大山，

我从山下爬到山顶，

望着下面，

好美呀！

清清的河水往下流，

流到小溪里，

流到大海里。

我喜欢大山，

它能让我站得好高、好高。

# 雨

◎ 崔欣怡

下雨了，下雨了，
滴答——滴答——滴答——
小草高兴地张开了嘴巴，
小花高兴地仰起了脸蛋。
街上的人们，
撑起一把把彩色的小伞，
站在高楼上看下去，
就像一朵朵美丽的小花。

## 荷花



◎ 董嘉诚

荷花真好看！

瞧，

粉红的花儿像仙女，

嫩绿的叶子像圆盘，

出污泥，

而不染！

哇，

荷花真好看！

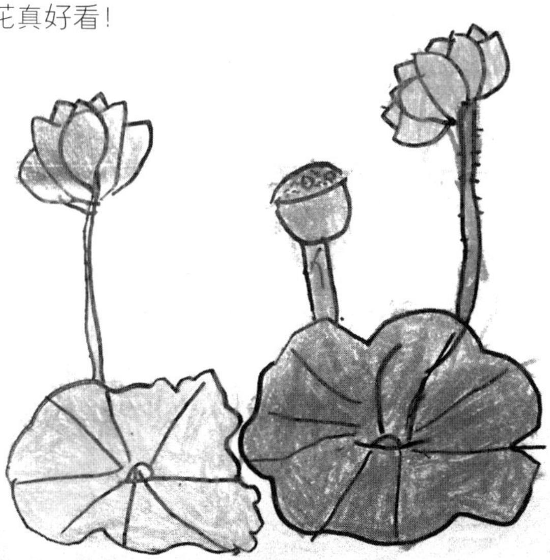

# 地球

◎ 余可馨

我爱地球，

有花，有草，有树木，

有山，有水，有人家。

圆圆的地球，

我们的家，

人人都来保护它！

# 雨

◎ 刘天娇

我很喜欢雨，
有时我觉得它像害羞的小娃娃，
随风轻轻地飘下来；
有时我觉得它像调皮的小娃娃，
欢快地跳下来；
有时我觉得它像爱哭的小娃娃，
眼泪哗哗往下流；
有时我觉得它像发怒的小娃娃，
所有的人都怕它；
但我还是喜欢雨！

# 宁夏的西瓜

◎ 葛璧源

看上去——
圆圆的外形，
绿绿的外皮，
红红的瓜瓤。

吃起来——
沙沙的果肉，
软软的口感，
甜甜的味道。

好看又营养，
美味又健康，
这就是——
宁夏的西瓜！

# 鱼的梦想



◎ 齐昶睿

湖里有小鱼，

海里有大鱼。

湖里的小鱼，

梦想去看大海的浩浩荡荡，

海里的大鱼，

梦想去看湖泊的碧波荡漾。

小鱼有梦想，

大鱼有梦想，

我们都有梦想。

# 知了

◎ 秦瑜濛

知了，知了，
为何你每天总在叫?
你不觉得累，
我还觉得吵。
知了，知了，
你知道什么，
又知道多少?
总是没完没了地唠叨。
知了，知了，
你为什么，
总是在叫?

## 海狮

◎ 王颢恺

我是一只海狮。

我有长长的胡须，

我全身的毛又黑又光滑。

我的身子胖乎乎的。

我每天给大家表演，

小朋友都很喜欢我。

如果你们也喜欢我，就快快来吧！

# 知了

◎ 张默霖

知了，知了，
总是在最热的时候不停地叫，
听得人特别烦躁!

后来，我知道——
它要在黑暗的地下待上四年，
才能破土而出，
见到阳光。

现在，我又听到——
知了——知了——
高一声，低一声地叫，
我知道，
那是它在唱着夏天的歌。

# 拾取生活的妙趣

这里的嘴巴是可以换的，这里的心情是多变的；

这里的眼睛是神奇的，这里的笑容是灿烂的……

这，就是孩子们眼中的生活；

这，就是生活中的孩子们！

## 妈妈是我的骄傲

◎ 姚奕欣

妈妈是我的骄傲，
因为——
当我难过的时候，
妈妈总会安慰我；
当我生气的时候，
妈妈总会让我平静下来。
所以，
妈妈是我的骄傲！

可是，
我没有这样对妈妈，
我总是反抗妈妈，
我想，
以后我要改正，
做孩子的，
要有一片孝心！

# 开学

◎ 齐昶睿

9月1号，
背上崭新的书包，
奔向美丽的学校。
绕过清澈的水池，
穿过绿色的游廊，
走进敞亮的教室，
和同学嬉笑打闹，
和老师问好拥抱。
新的学期，
新的面貌，
新的美好。

# 水龙头

◎ 齐昶睿

我是小小水龙头，
有一个小把手，
有一个出水口，
洗净你的小脏手。
小朋友，
节约用水，
请遵守，
洗完你的手，
“握”紧我的手。

# 1

◎ 段懿洋

在我眼里，
“1”是一根铅笔；
在妈妈眼里，
“1”是一根玉米；
在爸爸眼里，
“1”是一瓶啤酒；
在奶奶眼里，
“1”是一副眼镜；
在爷爷眼里，
“1”是一根黄瓜；
在弟弟眼里，
“1”是一个口香糖；
在你们眼里，
“1”是什么呢？

## 爸爸回来了

◎ 朱孜心

爸爸回来了，
我穿上了新衣服!
爸爸回来了，
我们一起去接他!
爸爸回来了，
我教他弹古筝!
爸爸回来了，
我们一起吃好吃的!

我心想:
爸爸回来了，
幸福也跟着回来了!

# 爸爸妈妈你们看

◎ 雷语函

爸爸，爸爸你快看，
路边有朵鸢尾花；
爸爸、爸爸你再看，
它的花朵像蝴蝶。

妈妈，妈妈你快看，
草丛有条毛毛虫；
妈妈，妈妈你再看，
横看它就像个“一”。

爸爸妈妈你们看，
路边有棵银杏树，
树上长满小扇子。

## 大船长和小水手

◎ 齐昶睿

张老师是大船长，
我们是小水手。
大船长为我们引航，
在知识的海洋里探寻宝藏。
我们的航程遥远而艰辛，
我们不怕风与浪。
大船长，
陪我们嬉笑，
陪我们歌唱，
陪伴我们成长。
大船长和小水手，
快乐远航，
寻找梦想。

## 弟弟的笑声

◎ 张涵茜

弟弟的笑声，
就像一串串铜铃，
在风中摆动。

弟弟的笑声，
就像一串串音符，
那么动听。

弟弟的笑声，
就像一片阳光，
暖到我们的心里。

# 换嘴巴



◎ 冯靖淇

妈妈受伤了，
嘴巴肿得高高的，
我好心疼啊！

我真想，
把我和妈妈的嘴巴换一下呀！

把我和妈妈的嘴巴都切下来，
贴上双面胶，
把我的嘴巴粘在妈妈嘴上，
把妈妈的嘴巴粘在我的嘴上。

这样，
妈妈就不疼了。

# 拼图

◎ 付子昊

下雨啦，

玩拼图啦！

上边拼好啦，

下边拼好啦，

左边拼好啦，

右边拼好啦……

哇！

一堆碎片片，

在我的小手下，

竟然变成了美丽的图画！

# 白云梦

◎ 冯靖淇

夏天的夜里，
妈妈给我扇着扇子。
扇子扇出来的风，
就像一朵朵白云，
轻轻地抚摸着我的身体，
那种感觉真是舒服极了。

我要快点睡着，
做一个美美的梦。
我要梦见，
我在白云铺的床上睡觉，
睡醒之后，
遇见了白云王后，
白云王后请我到她的宫殿里做客，
我用魔法把她的宫殿变成了“七彩王宫”。

# 神奇的1和0

◎ 黄紫萱

在小狗眼里，
“1”是一根香肠；
在长颈鹿眼里，
“1”是一根胡萝卜；
在熊猫眼里，
“1”是一根竹子。
在老虎眼里，
“0”是一块肉；
在小鸡眼里，
“0”是一个鸡蛋；
在小猴眼里，
“0”是一个桃子；
在乌鸦眼里，
“0”是一颗石子。
在我的眼里，
“1”和“0”放在一起，
组成了最小的两位数——10。

## 多变的心情

◎ 胡天寅

我高兴时，

像盛开的向日葵；

我生气时，

像横冲直撞的大笨熊；

我快乐时，

像活蹦乱跳的大青蛙；

我伤心时，

像断了线的水帘洞。

我的心情像六月的天气，

说变就变！

## 游泳

◎ 付子昊

天气真热！
穿上游泳衣，
戴上游泳帽，
套上游泳圈。

走，
水上乐园玩一玩，
温泉水里泡一泡！
不仅防暑降温，
还能让你——
被欢笑围绕！

# 吃冰棍儿

◎ 景裕涵

长方形的，
三角形的，
圆柱形的，
娃娃头形的……

红色的，
黄色的，
白色的，
黑色的……

甜甜的，
酸酸的，
香香的，
凉凉的……

哈哈，
我在吃冰棍儿！

## 快乐的我

◎ 冯靖淇

快乐的我，
就像一朵花，
开在美丽的大地上。

快乐的我，
就像一阵轻风，
飘在蓝蓝的天空中。

快乐的我，
就像一只鸟儿，
飞在茂密的森林里。

快乐的我，
就像一条鱼儿，
在大海里游来游去。

快乐的我，

还像什么呢?
妈妈说，
快乐的我，
在她的眼里，
是最美丽的彩虹!

## 蒙古包

◎ 朱孜心

蒙古包呀蒙古包，
蒙古包里真热闹。
奶茶牛肉味香美，
我们尽食乐陶陶。

# 慢悠悠

◎ 齐昶睿

蜗牛慢，

乌龟慢，

树懒慢，

都比不上我的妈妈慢。

我的妈妈化妆时最是慢悠悠！

抹抹香，

照照镜，

扭一扭，

没办法，

没人能阻止她的慢悠悠！

# 神奇的数字



◎ 郭家禾

在老师眼里，

“1”就是一个一百分。

在爸爸眼里，

“1”就是一根牙签。

在妈妈眼里，

“1”就是一个我。

在哥哥眼里，

“1”就是一支毛笔。

在我的眼里，

“1”就是一个棉花糖。

# 坦克风云

◎ 齐昶睿

在这个坦克的战场上，

解放军的战车登场，

集中火力勇猛开炮。

浓烟滚滚，

保家卫国，

奋勇前进，

永不后退。

# 我的妹妹

◎ 侯昊辰

我的妹妹周岁了，

她有时哭，

有时笑，

有时做鬼脸，

有时啊啊直叫，

有时也很烦人，

但她还是我最可爱的妹妹！

# 默默的烦恼

◎ 张默霖

每当我玩得最开心的时候，
妈妈总是在我旁边不停地唠叨：
默默，你刷牙了吗？
默默，你的饭吃完了吗？
默默，你的作业写完了吗？
我听得特别烦，就会说：
妈妈，你别说话了，好不好！

妈妈一声不吭地离开了……

可是，
只要妈妈不理我的时间
超过十分钟，
我又会特别烦恼！
这是为什么呢？
我也不知道……

# 我的心情

◎ 薛晨曦

开心的时候，

心里是晴天。

不开心的时候，

心里有一片乌云。

高兴的时候，

花儿都开了。

不高兴的时候，

心都碎了。

# 红黄绿灯，文明出行

◎ 齐昶睿

文明出行，
从小做起。
红灯停，
绿灯行，
黄灯亮了，
别抢争。
文明规则别忘掉，
幸福健康就来到！

# 流泪

◎ 白亚恒

摔倒的时候，

我流泪了，

检查的时候，

我也流泪了。

妈妈看到检查结果，

也流泪了。

泪很不听话，一直往下流。

检查完，我们回来了。

张老师说，

你很勇敢！

哦？

原来，勇敢的孩子也可以流眼泪！

# 我喜欢

◎ 雷语函

我喜欢花，
因为它会开；
我喜欢猫，
因为它会和我玩。
但是花会枯萎，
猫的毛掉了以后，
会飞进我的鼻子，
我就会打喷嚏。
我还是喜欢我自己，
心里想什么我都知道。

# 如果没有水

◎ 韩思雨

如果没有水，
小树无法长成大树，
夏天不能帮我们遮挡太阳。
如果没有水，
妈妈不能洗衣服，
我只能穿着脏衣服去学校，
这样会被同学嘲笑。
如果没有水，
鱼儿不能呼吸，
小草无法生长，
小鸟无法在天空中飞翔，
我们人类也无法生存，
世界会变得黯淡无光。
水是多么重要啊！
为了幸福的生活，
我们要珍惜水源！

## 我该怎么跑

◎ 马梦雨

我该怎么跑?

妈妈说——

快跑！快跑！

就要迟到！

妈妈又说——

慢点！慢点！

小心摔跤！

每天去上学，

妈妈都要说，

快快跑！

慢慢跑！

我到底该怎么跑?

# 我爱妈妈

◎ 吴胤泽

妈妈的眉毛，
像弯弯的月牙儿；
妈妈的眼睛，
像黑巧克力和白巧克力的组合；
妈妈的牙齿，
像小小的白贝壳；
妈妈的手掌，
像美丽的花朵；
妈妈的头发，
像肥皂一样光滑。
啊，妈妈，您好美呀！
我爱您，妈妈！

# 我和爸爸

◎ 侯昊辰

爸爸是大头，
我是小头；
爸爸是大耳朵，
我是小耳朵；
爸爸有双大手，
我有双小手；
爸爸是大脚板，
我是小脚丫；
爸爸是大男子汉，
我是小男子汉。
总有一天——
我会长成爸爸那样！

## 幸福来敲门

◎ 冯靖淇

妈妈回来了，
笑声就来敲门了；
妈妈出差了，
笑声就走了。

妈妈回来了，
幸福就来敲门了；
妈妈出差了，
幸福就走了。

## 骑骆驼

◎ 李天羿

我去敦煌游，
美景看不够。
骑上小骆驼，
欣赏鸣沙山。
骆驼蹲下时，
我心扑通跳，
还好抓得紧，
有惊却无险。

## 滑沙

◎ 李天羿

心惊胆战来滑沙，
风吹眼泪已落下。
手握脚蹬向下冲，
勇敢才是真英雄。
我看别人大声叫，
自己乐得哈哈笑。
妈妈对我笑嘻嘻，
抓拍两张留记忆。

# 幸福之家

◎ 詹宜铭

妈妈是厨师，
我饿了，她为我做饭。
妈妈是洗衣机，
衣服脏了，她为我洗。
妈妈是老师，
遇到难题，她教我解决。
我是一片树叶，妈妈是一棵大树，
我生活在妈妈的怀抱里。
我是一只小船，妈妈是一条大河，
我在妈妈的河面上快乐航行。
我是一只小鸟，妈妈是一片蓝天，
我在妈妈的天空中自由翱翔。
我有一个好妈妈，
希望妈妈永远健康美丽。

爸爸是钟表，
早上叫我起床，使我按时上学。

爸爸是搓背工，
每次都把我洗得干干净净。
爸爸是一辆汽车，
带我到想去的地方。
我是一棵大树，爸爸是一位园丁，
为我浇水施肥，让我茁壮成长。
我是一盏电灯，爸爸是一处电源，
为我提供能量，让我发热发光。
我是一艘轮船，爸爸是一座灯塔，
为我指引方向，让我安全返航。
我有一个好爸爸，
希望爸爸快乐健康。

我是一个懂事的孩子，
每当妈妈劳累的时候，
我都会给妈妈捶背、按摩。
我是一个听话的孩子，
爸爸妈妈让我干的事，
我都努力做到了。
我是一个乐于助人的孩子，
别人有困难时，
我总会帮助他们。
我是一个丢三落四的孩子，

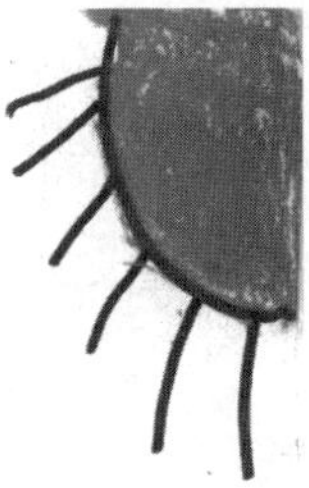

用过的东西，

我经常找不到。

这就是我，

一个有优点也有缺点的孩子。

## 早安和晚安

◎ 李赛雅

早安，亲爱的弟弟。
早安，亲爱的妈妈。
早安，亲爱的爸爸。
早安，我的床。
早安，太阳公公。
美好的一天开始了……

晚安，我的故事书。
晚安，我的牛奶。
晚安，小王子弟弟。
晚安，大公主妈妈。
晚安，爸爸。
晚安，美好的一切……

早安对晚安，
白天对黑夜。
我发现，

慢慢地，

一天又一天，

我长大了……

幸福快乐地长大了！

## 找肉骨头

◎ 齐昶睿

天亮了，

肚饿了，

小狗站在家门口。

汪！汪！汪！

我要啃肉骨头，

哪儿有肉骨头？

有了，

我去主人的餐桌上找找，

有没有？

## 捉知了



◎ 齐昶睿

今天温度高，
带上手电和网兜，
我去捉知了。
照一照，
敲一敲，
找一找。
小小知了，
你别跑，
我带你回家吃个饱，
一起唱歌，
一起欢笑。

## 最幸福的家

◎ 张默霖

大姨家的房间特别多，可大了！

二姨家有健身器材，可好玩了！

三姨家有王小果，可逗了！

我家的电视可大了！

小姨刚搬了新家，可美了！

我问妈妈：

谁的家最豪华呢？

妈妈却问我：

你说呢？

我说：

只要是幸福的家，都是最豪华的家！

## 坐火车

◎ 付子昊

火车轰隆隆，
我去成都踢比赛。

火车不动的时候，
树木也是一动不动；
火车慢慢走的时候，
它们却一点一点地往后退；
火车加速的时候，
树木也是加速地往后退；
火车拐弯的时候，
我的身体是倾斜的，
差点站不稳。

哇，真快呀！
没多久，火车就把我送到成都了。

# 打核桃

◎ 魏乐儿

院里的核桃成熟了，
我和爸爸一起打核桃。
小鸟飞，
知了叫，
刺猬也来凑热闹。
哈哈，你们也想吃核桃?
扑通、扑通……
核桃纷纷往下掉。
小狗看见汪汪叫，
吓得刺猬转身逃，
爸爸乐得哈哈笑。
我呢，只顾弯腰捡核桃!
这样的生活——真好!

# 我有奇思妙想

想象是一种创造。

在想象中，让孩子们学会自我约束；

在想象中，让孩子们去感受美好。

# 我想



◎ 王嘉唯

我想变成一块冰糕，

开心时，

冷冻；

不开心时，

融化。

我想变——

变成什么呢?

哦，算了，

我还是想做我自己！

开心时，

吃一块冰糕；

不开心时，

听一会儿音乐！

## 我想

◎ 郭家禾

我想变成一支水笔，
开心时，
能写字；
不开心时，
不能写字。

我还想变——
变成什么呢?
想了又想，
哦，算了，
我还是想做我自己！
开心时，
看电视；
不开心时，
睡觉。

# 我想

◎ 景裕涵

我想——
我想变成一条狗，
开心时，
不乱叫；
不开心时，
乱叫。

我想——
开心时，
做蛋糕；
不开心时，
把蛋糕破坏。

我想——
变成什么呢?
想了又想，
哦，我还是想做我自己！

# 我想

◎ 罗奥翔

我想变成一只鸟，
开心时，
唱歌；
不开心时，
飞走。

我还想变——
变成什么呢？
想了又想，
哦，算了，
我还是想做我自己！
开心时，
画画；
不开心时，
休息。

# 我想

◎ 白亚恒

我想变成一只虫子，
开心时，
在窝里大吃，大睡；
不开心时，
我就爬出来呼吸呼吸新鲜空气。

我想——
变成什么呢？
想了想，
还是做我自己吧！
开心时，
可以大笑，大吃；
不开心时，
会在屋子里哭。
后来想想，
还是变回真实的自己比较好！

## 我想

◎ 冯靖淇

我想变成一根电线，
开心时，
有电；
不开心时，
没电。

我还想变，
变成什么呢?

哦，算了，
我还是想做我自己!
开心时，
吃大餐；
不开心时，
就跺脚。

## 我想



◎ 葛璧源

我想变成一朵花，
开心的时候，
开花；
不开心的时候，
枯萎。

我想变成一棵树，
开心的时候，
开花；
不开心的时候，
落叶。

我还想变，
变成什么呢?
想了又想，
哦，算了，
我还是想做我自己!

## 我想

◎ 李赛雅

我想变成一朵睡莲，
开心时，
开花；
不开心时，
睡觉。

我想变成一位公主，
开心时，
变成豌豆公主；
不开心时，
变成豌豆。

我还想变——
变成什么呢?
想了又想，
哦，算了，
我还是做我自己吧!

## 我想

◎ 李宇琳

我想变成一只鸟，
开心时，
唱歌；
不开心时，
飞走。

我还想变——
变成什么呢?
想了又想，
哦，算了，
我还是想做我自己!
开心时，
画画；
不开心时，
不画。

# 我想

◎ 申宗霖

我想变成一只小鸟，
高兴时，
在天空中飞翔；
不高兴时，
躲在大树上睡觉。

我想变成一颗晶莹的露珠，
高兴时，
在荷叶上跳舞；
不高兴时，
滑落在池塘里。

我想，我想——
我还是做我自己吧！

## 我想

◎ 马梦雨

我想变成一只蝴蝶，
开心时，
采花；
不开心时，
回家。

我还想变——
变成什么呢?
想了又想，
哦，算了，
我还是想做我自己!
开心时，
又唱又跳；
不开心时，
闷闷不乐。

## 我想

◎ 齐昶睿

我想变成一幅窗帘，
开心时，
遮太阳；
不开心时，
飘来飘去。

我还想变——
变成什么呢?
想了又想，
哦，算了，
我还是想做我自己！
开心时，
玩电脑；
不开心时，
敲桌子。

## 我想

◎ 乔昱瑞

我想变成老天爷，
开心时，
天气晴朗；
不开心时，
刮风下雨。

我还想变——
变成什么呢？
想了又想，
哦，算了，
我还是想做我自己。
开心时，
玩一玩；
不开心时，
静一静。

## 我想

◎ 秦瑜濛

我想变成大苹果，
开心时，
甜甜的；
不开心时，
酸酸的。

我还想变——
变成什么呢?
想了又想，
哦，算了，
我还是想做我自己！
开心时，
吃个大苹果；
不开心时，
睡个大懒觉。

# 我想

◎ 吕佳锴

我想变成一头牛，
开心时，
吃草；
不开心时，
撞石头。

我还想变——
变成什么呢？
想了又想，
哦，算了，
我还是想做我自己！
开心时，
大笑；
不开心时，
打拳击。

## 我想

◎ 吴淳昊

我想变成一部手机，
开心时，
开机；
不开心时，
关机。

我还想变——
变成什么呢?
想了又想，
哦！算了，
我还是想做我自己！
开心时，
看漫画；
不开心时，
睡觉！

## 我想

◎ 付子昊



我想变成一个足球，
开心时，
听主人的话；
不开心时，
不听主人的话。

我还想变——
变成什么呢？

想了又想，
哦，算了，
我还是做我自己吧！
开心时，
大吃一顿；
不开心时，
睡个懒觉。

# 我想

◎ 董嘉诚

我想变成一只羊，
开心时，
吃草；
不开心时，
回家。

我还想变成什么呢?
想了又想，
哦，算了，
我还是想做我自己。
开心时，
去玩；
不开心时，
看会儿漫画。

# 我想

◎ 吴胤泽

我想变成一扇窗户，
开心时，
开窗户；
不开心时，
碎玻璃。

我还想变——
变成什么呢?
我想了又想，
哦，算了，
我还是想变成我自己。
开心时，
哈哈大笑；
不开心时，
哇哇大哭。

# 我想

◎ 黄紫萱

我想变成一扇门，
开心时，
开门；
不开心时，
关门。

我想变成一朵云，
开心时，
在天上飞来飞去；
不开心时，
就下雨。

我想变成一朵花，
开心时，
开花；
不开心时，
枯萎。

我想变——

变成什么呢?

想了又想，

哦，算了，

我还是想做我自己!

## 我想

◎ 马启尧

我想变成小闹铃，
开心时，
丁零零地欢唱；
不开心时，
一声也不响。

我想变成风，
开心时，
轻轻掠过；
不开心时，
狂风大作。

想了又想，
还是做我自己吧。
开心时，
吃吃糖果；
不开心时，
还吃吃糖果！

# 我想

◎ 王颢恺

我想变成一个空中飞人，
开心时，
往上飞；
不开心时，
往下降。

我想变——
变成什么呢？
哦，算了，
我还是做我自己吧！

# 我想

◎ 朱孜心

我想变成一只鸟，
开心时，
鸣叫；
不开心时，
飞走。

我还想变——
变成什么呢？
想了又想，
哦，算了，
我还是想做我自己！
开心时，
跳舞；
不开心时，
静坐。

## 我想

◎ 张玄铭

我想变成一架飞机，
开心时，
起飞；
不开心时，
降落。

我还想变——
变成什么呢？
想了又想，
哦，算了，
还是做我自己吧！
开心时，
玩电脑；
不开心时，
看书。

# 我想

◎ 姚奕欣

我想变成一架钢琴，
开心时，
弹出美妙的乐章；
不开心时，
弹出聒噪的音符。

我还想变——
变成什么呢？
想了又想，
哦，算了，
我还是想做我自己！
开心时，
弹出快乐的曲子；
不开心时，
弹出忧伤的曲子。

## 我想

◎ 王梓臻

我想变成一架古筝，
开心时，
弹奏出美妙的乐曲；
不开心时，
一声不吭。

我还想变——
变成什么呢?
想了又想，
哦，算了，
我还想做我自己！
开心时，
会去吃蛋糕；
不开心时，
会一个人看书。

# 我想

◎ 侯昊辰

我想变成一只鸟，
开心时，
飞上天空；
不开心时，
降落。

我还想变——
变成什么呢?
想了又想，
哦，算了，
我还是想做我自己！
开心时，
开怀大笑；
不开心时，
独自在家。

## 我想

◎ 向桂玺

我想变成一片雪花，
开心时，
变成一朵花；
不开心时，
融化。

我还想变——
变成什么呢?
想了又想，
哦，算了，
我还是想做自己，
开心时，
微笑；
不开心时，
流泪!

## 我想

◎ 余可馨

我想变成蜜蜂，
开心时，
采蜜；
不开心时，
飞走。

我还想变——
变成什么呢?
想了又想，
哦，算了，
我还是想做我自己!
开心时，
就高高兴兴的;
不开心时，
就孤单一人!

## 我想

◎ 蒋子宁

我想，

想变成一扇门，

开心时，

开门；

不开心时，

锁紧。

我想变成一个月亮，

开心时，

明亮；

不开心时，

暗淡。

我还想变成什么呢?

想了又想，

哦，算了，

我还是想做自己！

开心时，

吃糖果；

不开心时，

喝水。

## 我想

◎ 崔欣怡

我想变成一朵花，
开心时，
开花；
不开心时，
枯萎。

我还想变——
变成什么呢?
想了又想，
哦，算了，
我还是想做我自己！
开心时，
随便玩；
不开心时，
睡觉。

## 我想

◎ 詹宜铭

我想，
我想变成一根铅笔，
开心时，
画蓝天白云；
不开心时，
画魔鬼怪兽。

我还想变——
变成什么呢?
我想了又想，
哦，算了，
我还是做最好的自己。
开心时，
就写作业；
不开心时，
休息。

## 我想



◎ 张默霖

我想变成一棵草，
开心时，
发芽；
不开心时，
变黄。

我还想变——
变成什么呢?
想了又想，
哦，算了，
我还是做我自己吧！
开心时，
看电视；
不开心时，
找妈妈！

## 我想

◎ 李方煜

我想变成英雄奥特曼，
在空中飞来飞去。
怪兽来了，
去打怪兽；
打败怪兽，
开开心心休息。

我还能变成什么呢?
想了又想，
哦，算了吧，
我还是变回我自己，
我还是想做——
快乐的李方煜!

# 我想

◎ 张轩

我想变成变形金刚，
开心时，
变成车；
不开心时，
变成机器人。
真是帅呆了！

我还想变——
变成什么呢？
想了又想，
哦！算了吧！
我还是做我自己，
做一名快乐的小学生！

# 我想变什么

◎ 段懿洋

我想变成一棵树，
高兴时，
开花；
不高兴时，
落叶。

我还想变成什么？
我想变成春风，
高兴时，
吹风；
不高兴时，
我不吹风！

# 用师心守护诗心（代后记）

◎ 张晓茹

## 师心藏诗心

读书时，最向往的是萧红笔下的“祖父家的菜园子”——那里的倭瓜可以随意地想怎样爬就怎样爬，黄瓜想开花或是想结果都由自己说了算，还有玉米，可以自由地想长多高就长多高……

后来当了老师，我有了自己的菜园子！

偶然读到几句话：“我想变成一棵大树，开心时，开花；不开心时，落叶！”在课堂上，读给孩子们听，没想到，孩子们的话匣子一下子被打开了。他们也要争先恐后地变变变。有的说：“我想变成奥特曼，开心时，打怪兽；不开心时，隐身！”还有的说：“我想变成爸爸的手机，开心时，开机；不开心时，关机！”还有想变成冰糕的，想变成一朵花的……稚趣而丰富的表达，让整节课都异常生动！在孩子们的奇思妙想中，我看到了我一直向往的自由恣意！

原来，每颗纯真的童心里都埋藏着一颗美丽的诗心！

## 童心即诗心

“一棵小草，开出一朵小花。这个问题有点儿麻烦！ 我们一起商量一下：现在开始，喊她小花，还是小草？”

这，就是孩子们眼里的生活！

看见雪花落下来，他们会说：“哎呀，雪花也放寒假啦！”

听到呼呼的风声，他们会说：“天哪，老天爷发怒了。”

看来，每个孩子都是天生的诗人呀！

当我轻轻地告诉孩子们：“这就是诗！你们会写诗了！”孩子们瞪大双眼，吃惊地说：“写诗这么简单。”我笑了：“对，写诗就是这么简单。”

## 师心护诗心

是的，诗就是这么简单！

朴素而美丽的《诗经》中，有不少不就是我们祖先在生活和劳动时的歌谣吗？祖先用简单的文字，诗意地栖居在大地上，我们只需要继续——

每个孩子都是天生的诗人，在他们身上，有着飞驰的想象，有着美好的向往；而我们所要做的，就是打开笼子，让他们的想象大胆往外飞。

每个孩子都是特别的，他们有着童稚的语言，有着属于自己的独特表达；而我们所要做的，就是让孩子们的表达多一些自由和天真，少一些，再少一些成人的斧凿和雕饰。

每个孩子都是善良的，他们会为小花的哭泣悲伤，会为小草的坚强鼓掌；而我们所要做的，就是小心呵护这份善良，小心一些，再小心一些。

听声音写诗；给自己的画配诗；仿写，自创……各种形式，各种尝试，在我的菜园子里，我和孩子们与诗越走越近！这种感觉清澈、温暖、美好！就像一首诗里形容的：他看了她一眼，她回眸一笑，生命突然苏醒 ……

## 诗心植生活

然而，我知道，我的菜园子里只能提供给孩子们自由自在的表达，但是要真正地创作出有诗意的诗歌，绝对离不开我们熟悉的生活，它可以源源不断地为我们输送更多的养分！

在接下来的日子里，我告诉孩子们："用自己的眼睛看，用自己的耳朵听，用自己的小手摸……调动你的所有器官，去感受身边的一切！看到了什么写什么，自己心里怎么想，就怎么写！"

有个孩子不小心摔倒了，自己很快站起来，说："不疼。"尽管他的眼里流着泪。我夸他勇敢，他在诗中写道："原来，勇敢的孩子也可以流眼泪！"多么纯真却富有哲理的语言！

有个孩子跟妈妈闹别扭了，他写道："妈妈总是在我旁边不停地唠叨……我听得特别烦……可是，只要妈妈不理我的时间超过十分钟，我又会特别烦恼！这是为什么呢？我也不知道……”孩子们的世界，就是这么真实，这么美好！

有个孩子的妈妈出差了，她这样表达对妈妈的思念：“妈妈回来了，笑声就来敲门了；妈妈出差了，笑声就走了。”

…………

瞧，生活就是一本大书，孩子们渐渐地喜欢上了它，慢慢地读懂了它——而它也滋养着孩子们的诗心！

回望这一年，带领孩子们从偶然的诗歌欣赏到有意地模仿创作，一路走来，感觉自己就像个学步的孩子，虽磕磕绊绊，却无所畏惧，并充满期望……

让孩子们在诗的浸润中成长，是我幸福的源泉！

所以，有了这段记载美好的文字……